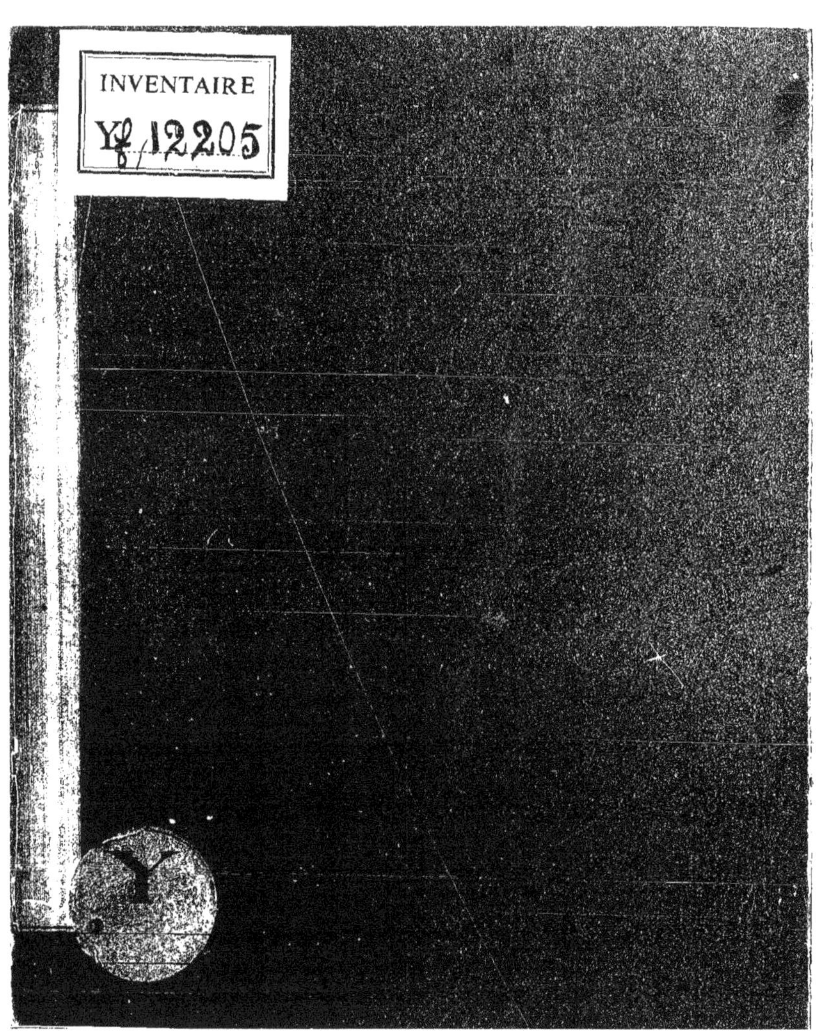

LE

MONOLOGUE MODERNE

Il a été tiré de cet ouvrage 125 exemplaires de luxe.

10 sur papier Japon.
15 — de Chine.
25 — Whatman.
25 — vergé de Hollande.
50 — teinté.

125

LE
MONOLOGUE MODERNE

PAR

COQUELIN CADET

de la Comédie-Française

Illustrations de LUIGI LOIR

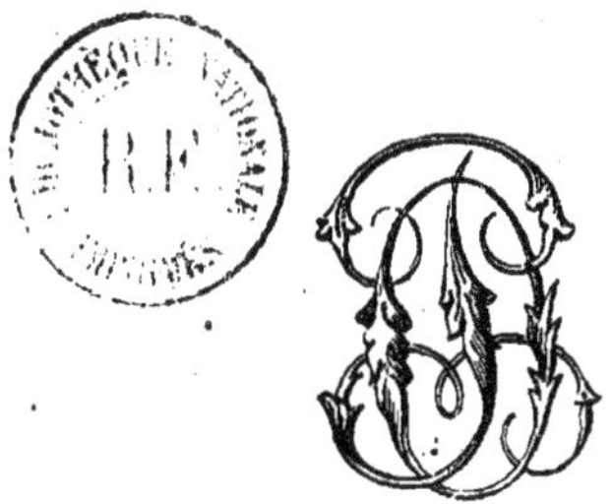

PARIS

PAUL OLLENDORFF, ÉDITEUR

28 *bis*, rue de Richelieu

1881

TOUS DROITS RÉSERVÉS

A Philippe Gille

Souvenir amical.

E. C.

Mesdames

et Messieurs,

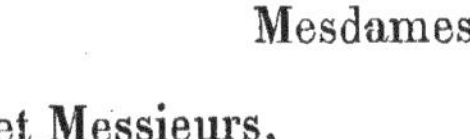

E me souviens de l'émotion terrible qui m'écrasait, il y a dix-huit mois, quand j'eus l'honneur de paraître devant vous, pour la première fois, comme *conférencier*. Ce nom de *conférencier* me tuait ; la nuit, je ne rêvais

plus que *conférences ;* je voyais d'immenses
 verres d'eau me poursuivre,
de grandes petites cuillers qui
dansaient autour de moi, de
lourds sucriers qui allaient m'aplatir, et une

carafe gigantesque qui me douchait ; je vou-
lais proférer un son... rien ! Le public me
criait : « A la porte ! » C'était épouvantable.

Aujourd'hui, plus d'émotion: j'ai découvert que je n'étais pas du tout *conférencier ;*

il y a des gens qui sont tellement *confé-
renciers,* qu'ils ont l'air d'être venus au

monde en habit noir et en cravate blanche;
ce n'est pas moi.
Moi je ne veux
être (si je peux)
qu'un amuseur
(ce n'est pas la
même chose
qu'un confé-
rencier) ; je
ne veux être
qu'un bon
enfant. Je
voudrais avoir le droit de mettre
sur ma carte de visite :
Coquelin Cadet, bon enfant, car alors je
n'aurais pas de phrases à faire, et ce que
j'ai à vous dire serait la conversation qu'on
a avec un ami qui vous est cher et de

qui l'on attend une sincère bienveillance.

(Il boit.) **Je ne sais pas pourquoi je bois,** je n'ai pas soif ; enfin ! c'est la maison qui veut ça !...

Il faut avouer vraiment que le

monologue entre de plus en plus dans nos mœurs. Je parle du monologue dont Charles Cros est la mère, et moi, si j'ose m'exprimer ainsi, la sage-femme ; de ce monologue particulier, enfant bizarrement conformé, dont le premier bégaiement a été le

Hareng Saur.

Les esprits gais aimaient autrefois la

chansonnette qui a pour derniers inter-
prètes dans les salons Berthelier et
Fusier; les esprits graves aimaient
(et aiment encore) les vers délicats ou en-
flammés; aujourd'hui, le goût est certai-
nement au monologue.

Le monologue est une des expressions
les plus originales de la gaieté moderne;
d'un ragoût extraordinaire-
ment parisien, où la farce 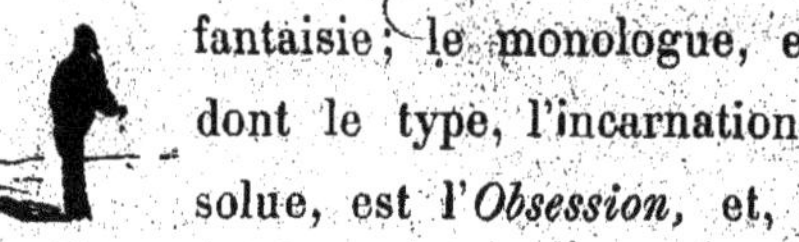
française fumiste et la scie s'allient à la
violente conception américaine, où l'invrai-
semblable et l'imprévu s'ébattent avec tranquillité sur une idée sérieuse, où la réalité
et l'impossible se fondent dans une froide
fantaisie; le monologue, enfin,
dont le type, l'incarnation absolue, est l'*Obsession*, et, dans

une note plus profonde et plus philoso-
phique, le *Bilboquet*.

J'ai raconté à cette même table comment

l'idée de transporter au théâtre cette nouvelle formule littéraire m'était venue en entendant le *Hareng Saur* l'été, dans un souper aux Batignolles, vers quatre heures du matin.

Était-ce le milieu dans lequel je me trouvais, l'heure matinale, l'or de l'orient entrant par la fenêtre, et l'or du hareng saur, qui se confondaient dans mon esprit ? Je vis là l'aurore du monologue moderne, et jamais impression plus curieuse ne me fut donnée qu'en écoutant Cros dire, avec le sérieux d'un homme qui réciterait du Châteaubriand ou du Lamennais, son impayable *Hareng Saur.* Je ne me doutais pas, à cette époque, que ce petit poisson deviendrait aussi grand, qu'il serait goûté par les foules qui fréquentent les cafés-concerts, et qu'il charmerait cette mer qui s'appelle Paris.

Cros a donc découvert une note nouvelle au théâtre ; des disci-  ples se sont à l'instant rangés sous sa bannière ; la race des mono- loguistes s'est développée et tente de devenir aujourd'hui plus nombreuse que les fautes de français du journaliste... je ne dirai pas son nom.

Et je comprends que ce genre essentiellement moderne tente les esprits

joyeux. Il est très agréable de faire une
œuvre qui ne demande pas de théâtre.
. Songez! le monologuiste donne son monologue au monologueur, qui l'emporte partout

avec lui, qui peut l'*exécuter* sur une meule
de foin, en chemin de fer,

sur

un paquebot (j'ai sauvé du mal de mer

une dame en lui récitant un monologue),

dans un grenier, dans un salon,

2

à dos de chameau, s'il le veut. Pas de

comité de lecture, comme au Théâtre-Français, pour recevoir un monologue; pas les horreurs de la crainte de n'être pas reçu. Le comité ne se compose que d'une personne. Le monologue est mauvais? On en fait un autre; cela se confectionne beaucoup plus commodément qu'une tragédie, et, en somme, c'est plus gai. Voilà pour l'auteur.

Pour l'acteur, il monte son monologue tout seul. Pas de truc, pas de mise en scène, pas 200,000 francs de dé cors comme pour une féerie, pas de régisseur qui vous mette à l'amende, pas de pompiers, — quelle économie ! Pas de discussion, à moins que vous n'ayez un si mauvais caractère que vous ne vous cherchiez noise à vous-même : la troupe ne se compose que d'un seul acteur ; pas de jalousie ! Et vous êtes votre seul directeur.

Le costume ? Un habit noir.

C'est bien grave, me direz-vous, pour venir raconter des aventures de fantoche ; il est clair qu'un habit de clown et un masque bariolé conviendraient mieux au personnage de ce théâtre bizarre ; mais l'habit noir du notaire apporte de la gravité

à ces farces de pince-sans-rire, et une tête ahurie, en haut de cet habit noir, achève de leur donner un cachet plus original.

Je crois qu'il serait bien diffi-cile d'ouvrir un conservatoire pour la récitation des monolo-gues; la façon de les dire est presque inen-seignable. Si l'on veut être classique dans l'exécution de ces œuvres déhanchées qui

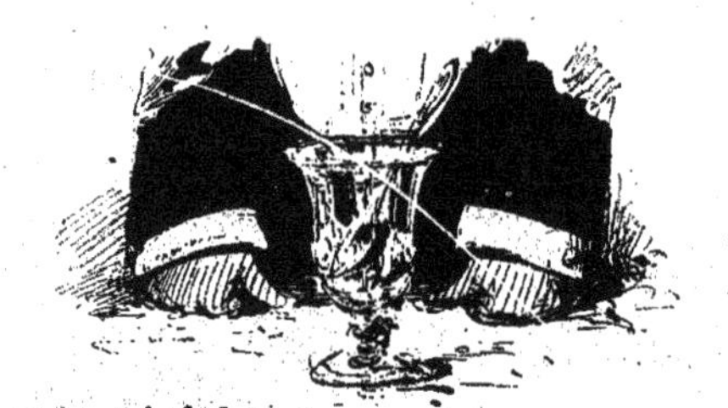

font un pied de nez aux choses convenues,

on se trompe. L'emphase est l'ennemie de
ces récits burlesques ; les soulignements sont
inutiles, les réticences intempestives ; il faut
que le monologue soit envoyé à la volée sur
le public, sans maniérisme et sans apprêt ;
avec un enthousiasme pour ce qu'on dit
qui en impose aux spectateurs, un effare-
ment d'homme étourdi par les choses extraor-
dinaires qu'il raconte, des transports subits
succédant au flegme, une émotion sincère
qui réchauffe le récit et lui donne les appa-
rences de la parfaite raison et de l'absolue
vérité. On pourrait dire à ceux qui se livrent
à ce genre de récitation : « Soyez impossi-
bles et convaincus, et vous
réussirez. »

(Il boit. A part :) Tant
pis !

Je songe qu'il faut vraiment de l'aplomb
pour venir dans des salles, comme celle du

Trocadéro , par
exemple, et vou-
loir, avec une de
ces légères fantaisies, s'emparer d'un public
et porter le rire dans tous les coins d'un
tel monument ; il faut une foi profonde dans
ce qu'on dit, et surtout
un excellent monologue ;

c'est pourquoi je proclame haut la valeur
comique des monologuistes, car ils ont fait
rire avec des œuvres d'une gaieté parti-
culière, dont l'intensité ne se révèle qu'à
l'audition.

Que de gens m'ont dit :
« Ces monologues sont idiots,
je les ai lus : comment peut-

on faire rire avec cela? » Ah! c'est qu'ils
sont bien faits au point de vue théâtral :
ils ont une idiotie de théâtre, ils ont la vie,
le je ne sais quoi qui entre dans la salle et
qui fait dire au spectateur : « Qu'est-ce que
c'est que ça, donc? je n'ai jamais rien en-
tendu de pareil ! »

Maintenant, on se tromperait en croyant
qu'il ne s'agit que de se mettre à table devant du papier pour écrire un monologue.
—Grave erreur!— Et la preuve, c'est qu'on
a ouvert un concours de monologues, et que,
sur une centaine de récits
qui nous ont été envoyés
(j'avais l'honneur d'être
Président du Monologue,
et j'ai rendu la justice comme sous un
chêne), un seul a mérité la palme, et

encore ce monologue palmé n'était pas sans défauts.

Il faut une idée d'abord, une idée biscornue si l'on veut, mais présentant un côté humain; ensuite, il faut traduire cette idée dans une forme rapide où le trait parte et porte le plus souvent possible; — il faut que le monologue ait un commencement, un milieu et une fin; on ne

l'écoutera pas s'il est autrement ; il faut...
Je fais joliment mon président pour des
choses en apparence futiles , pour des
riens qui ne doivent leur existence qu'à
l'actualité et qu'attend peut-être un rapide oubli ; mais j'estime que ce qui a
l'honneur de captiver le public, même pen-
dant quelques minutes, vaut la peine d'être
analysé.

Donc, ce n'est pas si commode de faire un
bon monologue plein de heurts et de sou-
bresauts inattendus, qui paraisse le plus
naturel du monde. Il faut y mettre (étant
donnée l'idée première prise dans la nature
toute la fantaisie dont on se sent capable ;
toute la fantaisie, entendez-vous ? Et à
propos de fantaisie, je demande la permis-
sion d'ouvrir ici une parenthèse.

Je connais beaucoup d'esprits sérieux qui
s'insurgent quand on préconise avec ardeur
la fantaisie : « Mais non, disent-ils, rien n'est
beau que le vrai, le vrai seul est aimable ! »

— Chers Boileaux de mon cœur ! oui, le
vrai est aimable, mais la fantaisie me pa-
raît l'être plus encore, car elle est plus rare.
C'est une des pages les plus délicieuses du
Livre de l'Art que la Fantaisie ! Elle nous
console de toutes les bosses, de toutes les
verrues qui nous assassinent les yeux ; elle
nous emmène loin du monde des pianistes ;

elle nous fait oublier le naturalisme, qui veut

engloutir l'univers ; elle nous ouvre un idéal chimérique où les choses s'appellent d'un autre nom, où leurs formes et leurs couleurs sont changées, où la belle-mère

devient papillon, où l'orgueil des comédiens a la violette pour symbole ; dans un monde qui nous donne l'oubli de toutes les vulgarités stupides dans lesquelles nous pataugeons tous les jours, dans ce monde pseudojaponais où le rêve est frère d'une réalité

charmante, et où les délicats se croient en
paradis !

Le monologue moderne sera donc fan-
taisiste ou il ne sera pas... avec des finesses
qui révèlent le poète, parce qu'on pourrait
croire que les monologuistes sont des gens
dont la seule profession est de faire des
monologues ; non pas ! Ce sont des artistes,

des peintres, des lettrés, qui les fabriquent ;
et, de temps en temps, à l'expression colo-
riste, à la délicatesse du procédé, on sent,
comme disait Sainte-Beuve de Charles Mon-
selet, qu'ils ont touché à la rose. Oui, les

poètes s'amusent à ces babioles en se délas-
sant, et plus d'un, qui a fait des monologues,
est l'auteur de volumes de vers qui ont été
vendus... oui, vendus !

Victor Hugo a dit quelque part que le
monologue est le propre de l'homme, et c'est
positif ; toute la vie on se récite des mono-

logues à soi-même. Les ivrognes, les amou-
reux, les diplomates, les dévotes, les qué-

mandeurs, les cochers, les avocats, les

cuisinières, ne font que cela. Vous causez
avec un ami : vous croyez qu'il vous écoute?
Pas du tout! Il pense à ce qu'il va vous
dire; vous faites chacun votre monologue.

Le monologue est partout. Il remonte à la création du monde, car on peut affirmer qu'Adam (avant la côte) devait se parler à

lui-même et se dire des monologues bien curieux dans le Paradis Terrestre.

En Angleterre, Shakespeare est surtout connu par le monologue d'Hamlet : *To be or not to be.*

En France, Sganarelle, Sosie, Figaro, Charles Quint, Chatterton, ont merveilleusement soliloqué, et tous les comiques monologuants de Duvert et Lauzanne et de Labiche ont fait la fortune des Arnal, des Numa, des Ravel et des Saint-Germain.

Malheureusement, il y a le monologue tragique, et, l'autre soir, dans un salon,

j'eus grand'peur en voyant s'avancer sur
le devant de la cheminée un monsieur en
habit noir, cravate blanche, cheveux ébou-
riffés, air fatal, souffrant même. Je me dis

en tremblant : « C'est un comique : c'est un
rival! » Le monsieur ouvre la bouche et
laisse tomber, d'une voix profonde, ce
titre : *Les Catacombes de Rome*. J'étais

sauvé!... Ça a ennuyé tout le monde ; et en songeant aux *Catacombes de Rome*, à la *Dernière Nuit d'André Chénier*, à *Gilbert sur son grabat*, à toutes ces machines pompeuses et somnifères du vieux jeu, je me suis épris plus que jamais du récit drôlatique qui est l'amusement des enfants avec le *Hareng Saur*, et la tranquillité des parents avec le *Bilboquet*, car il n'y a pas l'ombre d'amour ni dans le *Hareng* ni dans le *Bilboquet*.

Et pour prouver que le monologue est partout, je terminerai cette es-

quisse en l'appelant, si vous le permettez,
monologue, car c'est bien un monologue,

puisque j'ai parlé
tout le temps
et que vous
ne m'avez
pas
répondu
!

TU PENSES
L'ŒUVRE
C. MOTTEROZ

www.ingramcontent.com/pod-product-compliance
Ingram Content Group UK Ltd.
Pitfield, Milton Keynes, MK11 3LW, UK
UKHW020058100726
13658UKWH00004B/1842